Die HUHD
(Herrenunterhosendame)

New York

Die Herculeuse & Fatme

Briefbote um 1650

Die Mengenlehreboys

La Toyah Jackson & die beiden sechszehnjährigen Hunde, die jahrelang in der Bahnhofstr./Bielefeld saßen.

ORIGINALAUSGABE
ALLE RECHTE VORBEHALTEN
COPYRIGHT © 1999 BY
JOCHEN ENTERPRISES
MÖCKERNSTR. 78, 10965 BERLIN
WWW.JOCHENENTERPRISES.DE
TYPOGRAPHIE UND BLEISATZ:
MARTIN Z. SCHRÖDER
DRUCK: PROOST / BELGIEN
ISBN 3-930486-80-6

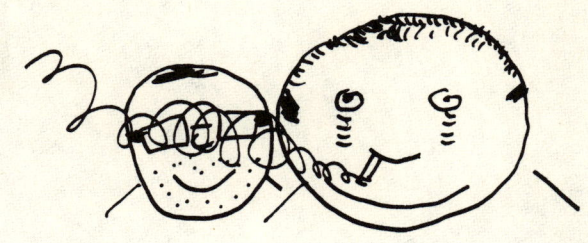

KATZ'N'GOLDT

KATZ + MAX GOLDT
ICH RATTEN

ICH RATTEN

JOCHEN ENTERPRISES

Hier sieht man
mehrere, zum Teil
recht bedeutsame
Spezialkringel

Kollege, ich hab Halsschmerzen.
HABEN SIE SONST KEINE PROBLEME?
DOCH. ICH HAB MÄUSE IN MEINEM PRAXIS-KRONLEUCHTER.
ICH RATTEN.

DAS BEIM SEX AM WENIGSTEN ERWÜNSCHTE ORCHESTER:

Xylophon & Fagott

UNGEBILDETER HUND

ALS POLITIKER FLIEGEN SIE JA VIEL. WENN SIE WÄHREND DES FLUGS AUS DEM FENSTER SCHAUEN, KOMMEN IHNEN DIE SORGEN DER WÄHLER NICHT MANCHMAL GANZ NICHTIG UND UNBEDEUTEND VOR?
Ja, oft.
medien
»ü«
1
2
Nicht IMMER AUF DEM RÜCKEN DER KINDER SPAREN!
DAS WAR EINE FANGFRAGE!
Herrje!
medien
»ü«
1
2
3
Nicht IMMER AUF DEM RÜCKEN DER KINDER SPAREN!

NUN REDET DER HERCULES IN SEINEM MERCEDES TACHELES MIT SEINER HERCULEUSE

DIE ÜBERSCHRIFT BESTEHT ZWEIFELSOHNE AUS EINEM HÜBSCHEN SATZ.

DOCH ES IST NICHT ZU ÜBERSEHEN, DASS ETWAS VON IHM AUSGEHT, NÄMLICH EIN VERLANGEN, UND ZWAR EINES NACH EINER VORGESCHICHTE, WELCHE NICHT KOSTBAR SEIN ODER SICH IM APRIL IN PARIS ABSPIELEN MUSS, SIE MUSS VIELMEHR EINFACH BILLIG UND RASCH PASSIEREN, UND WEIL ES SONST NICHT VIEL ZU SAGEN GIBT, PASSIERT SIE HIER AUCH SCHON:

Ein Gewichtheber geht mit seiner Freundin, die auch Gewichte hebt, in ein Warenhaus.

Die beiden gehen erst einmal in die Zeitschriftenecke, wo er beginnt, in Fachzeitschriften zu blättern.

Da die Frau heute keine Lust hat, ihrem Freund, wie sie sonst zu verfahren pflegt, das Kinn in den Rücken zu bohren, während er am Schmökern ist...

...geht sie in die Kosmetikabteilung und kauft dort ein Eau de toilette.

Danach kehrt sie in die Zeitschriftenecke zurück

ICH HABE NUN GENUG IN DEN KRAFTJOURNALEN GESCHMÖKERT. LASS UNS ABZISCHEN.

WIESO HAST DU MIR EIGENTLICH NICHT WIE SONST DEIN KINN IN DEN RÜCKEN GEBOHRT? WO HAST DU GESTECKT, ALS ICH SCHMÖKERTE?

Welcome!

Ich habe mir dieses Parfum gekauft.

BIST DU JECK? IN UNSERER KASSE IST MATTHÄI AM LETZTEN!

WENN DU MIR EINE SZENE MACHEN WILLST, DANN BITTE NICHT AUF OFFENER STRASSE. LASS UNS INS AUTO SETZEN.

Die beiden jetzt nichts wie hin zum Auto.

Hier nun also:

NUN REDET DER HERCULES IN SEINEM MERCEDES TACHELES MIT SEINER HERCULEUSE.

(Herculeuse klingt etwas abschätzig. Eigentlich heißt es Herculeurin.)

Agathe in "Bella nervt einfach nur noch"

Panel 1:
- DIE HOTELLERIE IN DEN ALPEN STEHT IM ZEICHEN DES NEPTUN: VIEL NEPP UND WENIG TUN.
- STIMMT DOCH GAR NICHT. LASS UNS LIEBER IN DEN KELLER GEHEN.

Panel 2:
- IN DEINEM KELLER WAREN WIR SCHON SEIT '73 NICHT MEHR.
- WOLLT GRAD SAGEN

Panel 3:
- OH! EIN STAPEL UNVERÖFFENTLICHTER BEATLES-AUFNAHMEN.
- ACH JA – ICH HATTE JA MAL WAS MIT DEM SÜSSEN JOHN. ACH, DIESER SCHNUFFIGE FLACHHINTERN. ABER MAN KANN SICH JA DENKEN, WIE DIE AUFNAHMEN KLINGEN.

(Beschriftungen: FOR ~~YOKO~~ AGATHE, ABBEY, ABBEY RD. STUDIOS, ABBEY RD. STUDIOS, DEMOS '68)

Panel 4:
Man stöbert fröhlich weiter.

Panel 5:
- OH! DIE HATTE ICH JA GANZ VERGESSEN. MARC BOLAN – MEIN IDOL! BELLA, MIR WIRD SCHLECHT.

(Beschriftungen: MARC, PRIVATE BOLAN, MARC, MARC, T.REX, JUPITER LIAR)

Panel 6:
(wortlos)

Panel 7:
Entsetzt rennt Bella hoch auf die Straße
- AGATHE LIEGT BEWUSSTLOS IM KELLER. ICH ALSO MUSS ZUR POLIZEI. ABER ICH HABE JA KEIN FOTO VON DER GESUCHTEN.

Panel 8:
- DA! EIN STRASSENKARIKATURIST. HÄSSLICH, ABER SCHNELL.

Panel 1: MEINE FREUNDIN LIEGT IM KELLER, IST CA. 52 UND ICH MUSS IHREN VERLUST POLIZEILICH MELDEN. ZEICHNEN SIE BITTE SCHNELL.

Panel 3: DANKE, MAESTRO.

Panel 4: DAS BILD ERSTMAL AGATHE ZEIGEN, OB SIE SICH MIT DER DARSTELLUNG AUSREICHEND IDENTIFIZIERT, UM SICH DAMIT POLIZEILICH SUCHEN ZU LASSEN.

Panel 5: AGATHE, AGATHE! GUCK MAL, DIE POLIZEI SUCHT DICH.

Panel 6: SAG MAL BELLA, HAST DU 'NE MACKE ODER WAS? — LASS UNS LIEBER WIEDER IN DIE WOHNUNG GEHEN UND DIE UNVERÖFFENTLICHTEN MARC BOLAN-AUFNAHMEN HÖREN.

Panel 7: OBEN DANN IN GEMÄSSIGTER STIMMUNG

YOU ARE MY LOVE, YOU ARE MY BABY

DIE HABEN DAMALS ABER AUCH NUR MIT SUPPE GEKOCHT.

HÖR DOCH ENDLICH MAL AUF MIT DEINEM VOLLGEKIFFTEN SENIORENGESABBER, BELLA. AUSSERDEM GEHT DIE REDEWENDUNG ANDERS.

Panel 8: YOU ARE MY LOVE, YOU ARE MY GIRL

JA, WIE DENN?

ICH WILL DIR MAL WAS SAGEN: DU NERVST EINFACH NUR NOCH.

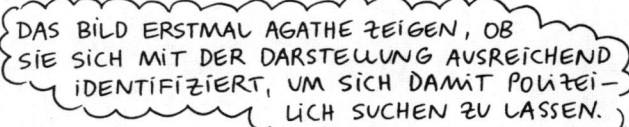

KATZ + GOLDT

> Mariah Carey soll ja angeblich einen Stimmumfang von 7 Oktaven haben. Deswegen hat sie auch ganz lange Stimmbänder. Wenn sie singt, hängen ihr die natürlich immer aus dem Mund. Hier ein Foto von einem Live-Auftritt:

> DAS IST KEIN LIVE-AUFTRITT. DAS SIND SPAGHETTI.

KATZ + GOLDT

Wurst-waren aus eigener Schlachtung
HAB ICH NIE KAPIERT, WIESO LEUTE, DIE SO AUSSEHEN, DENKEN, ES SEI WERBEWIRKSAM, WENN SIE DARAUF HIN-WEISEN, DASS SIE SELBER SCHLACHTEN.
DER MÜSSTE SCHLACHTEN! DESSEN WURST-WAREN WÜRDEN MIR SCHMECKEN!
NA, DAS WAR JA EH WIEDER MAL KLAR.
Schnick-schnack aus eigener Schwuchtelung
KATZ + GOLDT

Der Frühling

Es ist Frühling, Ende März genauer gesagt.

Alle Frauen holen ihre Bikinis aus dem Keller.

Dieses würde auch gern die kleine Doreen tun, doch oh weh – sie hat ihren Kellerschlüssel beim Bäcker liegengelassen.

Der Bäcker der kleinen Doreen befindet sich jedoch im 60 km weit entfernten Bremerhaven.

Wie da hinkommen?

Doreen ist noch zu jung zum Auto fahren, und Geld für den Zug hat sie zwar, aber sie weiss nicht, wann die Dinger fahren.

Sie möchte bei der Bahnauskunft anrufen, doch da fällt ihr ein, dass ihr Telephon zerbrochen ist.

Daher möchte Doreen die Nachbarin aus dem Bett klingeln, jedoch: *verreist*

Nun erinnert sich Doreen, dass sie ja den Schlüssel der Nachbarin hat.

Bitte Blumen gießen!

SO IST ES IHR EIN LEICHTES, IN DIE WOHNUNG EINZUDRINGEN.

NACH DER WÄSSERUNG SIEHT DOREEN AM SCHLÜSSELBRETT DER NACHBARIN DIV. SCHÖNE SCHLÜSSEL BLITZEN UND FUNKELN.

AUCH EINEN KELLERSCHLÜSSEL.

Es ist zwar nicht mein Kellerschlüssel, aber ein anderer Kellerschlüssel.

SIE FREUT SICH UND SCHNAPPT SICH DEN SCHLÜSSEL, UM SICH EINEN BIKINI DER NACHBARIN AUS DEM KELLER ZU HOLEN, WEIL DIESE EINEN ÄHNLICH GEFORMTEN BUSEN BESITZT WIE DIE NUN IN DAS KELLERGEWÖLBE DES MIETSHAUSES HINABSTEIGENDE KLEINE DOREEN.

IM KELLER MUSS DOREEN ABER FESTSTELLEN...

... DASS IHRE NACHBARIN SÄMTLICHE BIKINIS IHRES BESITZES MIT IN DEN URLAUB GENOMMEN HAT.

DOREEN IST VERZWEIFELT.

Bühühüü

KATZ + GOLDT

Der Zauber der Dahlien

SEH ICH ALL DIE WUNDERBAREN DAHLIEN WIRKLICH ODER TRÄUME ICH NUR? ICH MÜSSTE MICH WOHL MAL IN DEN PO ZWICKEN, UM DAS HERAUSZUFINDEN.

patsch

RECHT SCHÖNEN DANK! ERST DURCH IHRE OHRFEIGE MERKE ICH, DASS DIE DAHLIEN REAL SIND UND ICH SIE NICHT NUR TRÄUME. ICH WOLLTE MICH GERADE SELBST ZWICKEN, DOCH DA HABE ICH MEINEN VERLÄNGERTEN RÜCKEN MIT DEM IHREN VERWECHSELT.

DAS IST JA LUSTIG, DASS WIR UNS BEIDE ZUR GLEICHEN ZEIT IN DEN JEWEILS EIGENEN PO ZWICKEN WOLLTEN.

DIE DAHLIEN HABEN'S ARRANGIERT.

RAKRAH RAKRAH

OHA, DER ABEND NAHT. HABEN SIE ZUFÄLLIG SO EIN LABBRIGES CHIFFONTUCH DABEI, DASS SICH FRAUEN UNSERES STANDES UM DIE SCHULTERN LEGEN, WENN, WIE JETZT GERADE, DER ABEND NAHT?

Panel 1: NEIN, ABER DA HINTEN IST MEINE MUTTER. DER NEHME ICH IHR TUCH WEG UND GEB'S IHNEN.

DAS WÄRE NETT.

Panel 4: UI, JETZT HABEN MICH MÜCKEN GEBISSEN. ABER DAS IST GUT SO: VORHER DACHTE ICH NÄMLICH, DASS ICH TRÄUMEN MUSS, ALS ICH DIE HERRLICHEN DAHLIEN SAH. DANK DER MÜCKENSTICHE WEISS ICH, DASS DIE DAHLIEN ECHT SIND.

Panel 5: ICH WILL IHNEN MAL WAS SAGEN: WENN MAN DIE DAHLIEN EIGENHÄNDIG GEPFLANZT HAT, DANN MUSS MAN SICH NACH FEIERABEND NICHT IN DEN PO ZWICKEN, DANN SPÜRT MAN NÄMLICH JEDE EINZELNE DAHLIE IN JEDEM EINZELNEN KNOCHEN, UND VON DAHLIEN TRÄUMEN WILL MAN DANN BESTIMMT NICHT, DANN WILL MAN SEINE RUHE.

KATZ + GOLDT

GUCK MAL, DIE FRAU HAT NUR DREI HUNDE. VIER KANN SICH DIE ARME ALS SOZIALHILFEEMPFÄNGERIN WOHL FINANZIELL NICHT LEISTEN.
TJA, DA SIEHT MANS WIEDER: DURCH DEN SOZIALABBAU VERELENDEN GANZE STADTTEILE.

ICH HASSE DEN SENAT, WEIL MÄUSE KEINE POLIZEIHUNDE SEIN DÜRFEN.
So tot ist der Ku'damm doch gar nicht.
BERLINER RUNDFUNK 92,6

ALS ES IN DER DDR MAL WIEDER KEINEN PFEFFER GAB

"Kein Pfeffer für meine Tomate!"

"NIMM DOCH EINFACH DIE STOPPELN AUS MEINEM RASIERER – SIEHT GENAUSO AUS."

ALS ES IN DER DDR IN DEN BETRIEBEN MAL WIEDER KEINE GLÄSERNEN TÜREN FÜR DEN FRAUEN-RUHERAUM GAB

FRAUEN-RUHE-RAUM

"Grrr. Man kann ja gar nicht sehen, wie se ruhen."

ALS ES IN DER DDR MAL WIEDER KEINE DJ-UMHÄNGETASCHEN GAB

KATZ + GOLDT

Agathe: Ein Jeansoma-Hintern dreht durch

AGATHE HAT EINEN TYPISCHEN JEANSOMA-HINTERN.

NA WAS TUSCHELT IHR ZWEI BEIDEN DENN HINTER MEINEM RÜCKEN? IHR TUSCHELT, DASS IHR DURST HABT, NICHT WAHR?

JA JA, GENAU. ZIEMLICH TROCKENE LUFT HIER.

Eşek hoşaftan ne anlar

El öpmekle dudak aşınmaz

NA, DANN LASST UNS EINKEHREN.

DREI GROSSE BIERE.

Eşeğe altın semer vurulsa, eşek yine eşektir

AGATHE, SO KENNEN WIR DICH JA GAR NICHT.

DAMIT IHR BEIDEN ZICKIGEN TÖLEN MAL SEHT, WAS FÜR EINE POWER IN EINEM JEANSOMA-HINTERN NOCH STECKT.

Lafla peynir gemisi yürümez

"ACH WARUM MÜSSEN REIFERE DAMEN AUS KÜNSTLERISCHEN BERUFEN IMMER MIT SCHWULEN IN URLAUB FAHREN? WARUM? VON WEM IST DAS GESETZ?"

"SIE HABEN EINEN GUTEN KÖRPER UND BESSERE GESELLSCHAFT VERDIENT ALS DIESE ALTROSA ANGEHAUCHTEN HARD-BODY-SOFTIES. DARF ICH SIE IN DAS PRIVATE DAMPFBAD MEINER SIPPSCHAFT ENTFÜHREN?"

Kızı kendi gönlüne bırakırsan ya davulcuya varır ya zurnacıya

"JA, IST DENN DAS BEI EUCH MUSLIMEN GEMISCHT?"
"JA, ICH SAGTE DOCH: PRIVATES DAMPFBAD MEINER SIPPSCHAFT."
"NA, DENN."

"WIE FINANZIERT AGATHE EIGENTLICH IHREN LEBENSSTIL?"

"Naja, die hat ja beinahe mal bei Velvet Underground gesungen."
"NEIN! ERZÄHL!"

"LOU REED KAM 1966 MAL NACH BERLIN UND DA HAT ES GEREGNET. AGATHE ARBEITETE DAMALS ALS SCHIRM-MANNEQUIN IM SCHIRMSALON SUSI AM TAUENTZIEN. UND DA IST LOU REED EBEN, WEILS JA REGNETE, IN DEN SCHIRMSALON SUSI REIN, UND DA... BLA BLA... NEW YORK... ... ANDY WARHOL... WOLKENKRATZER VOLLER PLATTENSTUDIOS... TELEGRAMM AUS BERLIN: OMA DANZIG LIEGT IM STERBEN... SOFORT KOMMEN... TJA."

Alçacık eşeğe herkes biner

KATZ + GOLDT

Ayurveda

Panel 1: GUTEN TAG, WIR KOMMEN VON IHRER BVV UND WOLLEN IHREN $C_{10}H_8$ - AUSSTOSS MESSEN.

Panel 2: Heinz, da sind zwei BVV-Bullen und wollen unsern $C_{10}H_8$-Ausstoß messen.

Panel 3: NIX WIE RIN IN DIE GUTE STUBE. ICH HABE GERADE HEISSES WASSER GEKOCHT.

Panel 4: MAN TRINKT. — Auch Ayurveda-Anhänger? — JOU.

Panel 5: UND? HABEN WIR AUSSTOSS?

Panel 6: LEIDER JA. WIR MÜSSEN IHRE PALME LEIDER MIT AUFS REVIER NEHMEN. GEWAHRSAMSPFLEGSCHAFT. SIE WISSEN SCHON.

Panel 1:
Endlich ist die Palme weg. Die hat ja eh nur genadelt.

GENADELT? DAS DENKST DU! KOKOSNÜSSE HATSE ABGEWORFEN, NACHT FÜR NACHT.

ACH, UND WO SIND DIE ABGEBLIEBEN?

Panel 2:
WO DENKST DU BIN ICH JEDEN MORGEN UM 5 HINGEGANGEN?

Klo? Büro? Bin ich Jesus?

Panel 3:
KOKOSNÜSSE EINSAMMELN WAR ICH. DU DENKST WOHL, DAS IST EIN BÜCHERSCHRANK, WAS?

DACHT ICH ALLERDINGS.

NA, DANN PASS MAL AUF.

Panel 4:
Ich seh schon, räusper. Komm wir lieben uns inmitten der naja, nennen wir sie mal Bücher oder von mir aus auch Kokosnüsse.

KULLER!

Panel 5:
SE LIEM SICH.

schnauf

Panel 6:
NEUN MONATE SPÄTER:

Gewahrsamspflegschaft abgelaufen. Palme wieder da.

KATZ + GOLDT

"Du Eumel."

WUPP!

"JA JA, DER HUT GEHT IN DEN HIMMEL — ABER WAS GESCHIEHT DEM HUT IM HIMMEL?"

ERKLÄRENDES MÄNNCHEN:

"Im Himmel wird der Hut gebügelt."

"So entstehen unsere Bierdeckel."

"ACH SO, ICH HAB MICH SCHON IMMER GEWUNDERT, WARUM SICH UNSERE BIERFILZE WIE IM HIMMEL GEBÜGELTE FILZHÜTE ANFÜHLEN."

KATZ + GOLDT

Das Ohr – mit den Augen eines Brillenputztuches gesehen

HANNELORE ELSNER SOLL MAL NACH EINER LESUNG AUS DEM BUCH "FRÄULEIN SMILLAS GESPÜR FÜR SCHNEE" IN DER WOHNUNG DES VERANSTALTERS VERSUCHT HABEN IHRE STILETTO-ABSÄTZE IN DIE LÖCHER EINES AUF DEM TISCH LIEGENDEN EMMENTALER KÄSES ZU STECKEN.

WENN DAS STIMMT, FINDEN WIR, KATZ + GOLDT, DIES SEHR SYMPATHISCH, UND WIR HOFFEN, DASS FRAU ELSNER SICH AUCH WEITERHIN SO GEHEN LÄSST.

Anmerkung Goldt:
Katz hat Hannelore Elsner mit Hannelore Hoger verwechselt. Er hat nämlich nur einen ganz kleinen Fernseher, da kann er die Fernsehkommissarinnen nicht richtig erkennen.

Die beiden netten Homos
in: SEX IN DER ZEITMASCHINENTOILETTE

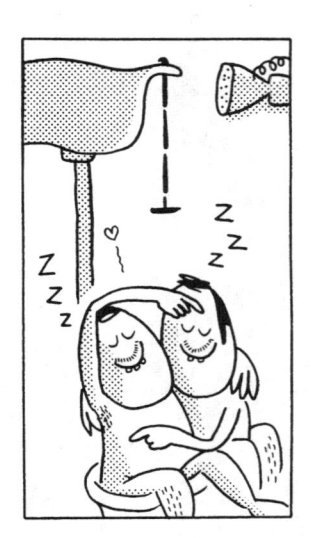

DIE BEIDEN NETTEN HOMOS HABEN AUF IHRER TOILETTE STARK VERGILBTE LIMAHL- UND KAJAGOOGOO-POSTER HÄNGEN.

"Wär doch schön, wenn diese Poster druckfrisch wären."

DAHER:

Posterrestaurator — z.Zt. leider im Knast

"OH WEH! Z.ZT. IM KNAST."

JEDOCH UNVERMUTET URPLÖTZLICH:

"Jetzt neu! Tempelhof, der alte Berliner Flughafen: Jetzt Zeitmaschinenterminal"

TRÖT

"SAPPERLOT! DANN HOLEN WIR UNS ORIGINAL-POSTER AUS DEN EIGHTIES."

UND SO:

"2× Eighties"

"GIBT'S FÜR AKKORDEON RESTAURATOREN ERMÄSSIGUNG?"

KASSE — türlich

DARAUF IN DEM 'TEIL'

"WER VON EUCH DEN SCHNEID HAT IN UNSERER ZEITMASCHINENTOILETTE SEX ZU HABEN KRIEGT VON UNS EINE ZIGARRE WIE JULIA ROBERTS*"

DER NORDBERLINER — SERVICE

yeah!

iek iek

JETZT SIND SIE "DRAUF"

"IST JA OHNE ÜBERWACHUNG. REICHT JA, WENN WIR KUSCHELN."

ZZZ ZZZ

---

* JULIA ROBERTS: US-SCHAUSPIELERIN, BERÜHMT GEWORDEN DURCH ZIGARRERAUCHEN NACH ANGEBLICHEM SEX IN FLUGZEUG-TOILETTE

BRZZL! ANNO DOMINO 1620 JETZT AUSSTEIGEN.
Fuck! Würg! WIR HABEN UNS VERKUSCHELT.
WWFFFT!
Oh, Rubens!
PINSEL
PINSEL
MAL MAL LIMAHL.
Gebongt!
SPÄTER:
HÄTTEN WIR UNS JA DENKEN KÖNNEN: LIMAHL MIT RUBENSFIGUR. WÜRG. FUCK.
RUBENS
WIEDER AM TERMINAL
1999 ausverkauft, wg. Buga. Gibt nur noch 2010.
Kasse
ALSO DAHER – WÜRGOFUCK – 2010
Schade, DASS DAS COMPUTER BEKOMMEN ZU KLEIN FÜR MEINE, LIMAHLS, FETTE FINGER.
WO RUBENS RECHT HATTE HATTE ER RECHT (LIMAHLFETTMÄSSIG). HOFFENTLICH STEHT UNSER KLO NOCH.
KATZ + GOLDT

Als es noch keine Videokabinen gab, sind die Männer immer in den Wald gefahren, um dort Sexmagazine zu betrachten.

Die Hefte haben sie im Wald gelassen. Dort verblaßten sie allmählich im Sonnenlicht.

Botanikbegeisterte Jugendliche, die eigentlich auf Pilzsuche waren, haben diese feuchten und ausgeblichenen Hefte gefunden und auch angeguckt.

Manchmal krochen Schnecken über die Abbildungen

Es war auf angenehme Weise ekelig, die Schnecken von dem Papier zu entfernen, insbesondere dann, wenn Teile des Papiers an der Schnecke hängenblieben.

"Heute liegen keine Pornos mehr im Wald. Es gibt auch kaum noch vernünftige Pornokinos. 1975 betrieben allein die Bee Gees in Los Angeles 270 schwule Pornokinos."

"Was für eine Metropole. Was für Dimensionen."

"Brandt + Barzel sind nach dem Misstrauensvotum ins Pornokino gegangen und dann herrschte wieder Ruhe im Karton."

"Brandt plus Barzel – guter Gruppenname. Was ich aber eigentlich habe sagen wollen: Videorekorder und Frauen haben da eine grosse Kultur zerstört."

"Die heutigen Frauen sind nicht mehr so verbiestert. Die gucken alle Pornofilme."

"Wunschdenken."

"Wieso sollte ich mir das wünschen? Ich finde nur Männer sollten Pornofilme gucken."

"Du meinst traut in einer Reihe sitzend in einem Kino mit 'diskretem Seiteneingang'?"

"Seiteneinsteiger-Kino?"

"Du hast's erfasst. Wo man in rotem Plüsch sich trifft zu feinstem Plausch. Wo kein Weibsgekeife das noble Ambiente männlicher Geilheit zerstört."

KATZ + GOLDT

Abwechslung in der Freizeit

"1x Kino, bitte."

IMAX jetzt auch in 3-D

KASSE

Hui, die Schnecke kommt direkt auf mich zu.

Ach, die Schnecke kommt ja doch nicht auf mich zu.

Wow! Jetzt kommt die Schnecke doch wieder auf mich zu.

Na ja, jetzt doch nicht mehr. Die Schnecke hat wahrscheinlich anderes zu tun, als ständig direkt auf mich zuzukommen.

KATZ + GOLDT

"Oh, Hummeln! Aber das ist ja nur ein Nebengebiet für einen Imker wie mich."

"DU SOLLST JA AUCH NICHT IMKEN, SONDERN RIMMEN."

KATZ + GOLDT

WVVW

(WITZVERSTÄNDNISVORAUSSETZUNGSWISSEN): ZU PFINGSTEN WURDEN FRÜHER DIE OCHSEN AUS DEM ORT MIT ALLERLEI SCHMUCKBÄNDERN UMWICKELT.

"Müssen wir da jetzt auch was dranbinden?"

"WIR KÖNNEN JA EIN PAAR AARON CARTER-STICKER AUS DER BRAVO DRANKLEBEN."

"Die halten doch nicht auf den viele Haare."

"ABER ES GIBT DOCH JETZT DIESE NEUARTIGEN HAFTMASSEN VON TESA."

AN WEGWEISERN NACH ZÜRICH MANGELT ES NORMALERWEISE NICHT.
ZÜRI
Zürich
Erlebniskino
ZÜRICH
ERLEBNISKINO
ZÜRICH
Zürich
Z ÜRICH
ABER WEHE, MAN BRAUCHT MAL EINEN.
Wo the fuck ist denn der Wegweiser nach Zürich?
Schätze mir geht vor Verdutztheit glei der Hut hoch
ZÜRICH
GUT VERMUTET. IN DER TAT. HUT GEHT HOCH.
flup!
Den Hut seh ich wohl nicht vor Zürich wieder.
Wenn überhaupt.
Wollt grad sagen.
ZÜRICH
Plötzlich:
Wie seid ihr denn drauf?
GESTERN
HEUTE
ÜBERÜBER-MORGEN
MORGEN
ÜBER-MORGEN
ZÜRICH

Panel 1:

"WIR BEWEGEN UNS TANZEND NACH ZÜRICH, WO WIR EVTL. AUS FINANZIELLEN GRÜNDEN UNSERE KLEIDUNG ABWERFEN WERDEN."

"BÜRGER, LASS DAS GLOTZEN SEIN, KOMM ZU UNS UND REIH DICH EIN."

"UND MEIN TRETROLLER?"

Panel 2:

"DEN KANN SICH DIE ÜBERÜBERMORGENFEE IN DIE HAARE SCHMIEREN BZW. BINDEN ODER STECKEN."

Panel 3:

FOLGLICH:

KATZ + GOLDT

HERR DR. KEULLENBRINCK VERDIRBT MAL WIEDER ALLES

Panel 1: *Hammer Show* — DIE SCHLAGFERTIGKEITSHAMMER-SHOW *clap clap*

Panel 2: "WELCHE BEIDEN OHREN WÜRDEN SIE AM LIEBSTEN AUF EINE EINSAME INSEL MITNEHMEN?" — "MEINE EIGENEN."

Panel 3: "SIE KRIEGEN DEN SILBERNEN SCHLAGFERTIGKEITSHAMSTER." — "IHRE SENDUNG HEISST ABER SCHLAGFERTIGKEITS<u>HAMMER</u>."

Panel 4: "SIE KRIEGEN DEN GOLDENEN SCHLAGFERTIGKEITSHAMSTER!" — "DANKE." — *DRIIING! SCHRILL!*

Panel 5: "OH, HERR DR. KEULLENBRINCK AUS BADEN BADEN." *QUÄK!*

Panel 6: "UNSER NOTARIAT LÄSST UNS WISSEN, DASS AUFGRUND DER SCHLICHTEN ANTWORT 'DANKE' EIN WEITERES SCHLAGFERTIGKEITSHAMSTER-UPGRADING IN RICHTUNG PLATIN ODER RADIUM NICHT MÖGLICH IST." — "RABÄÄ!"

Was uns Menschen, die an Tischen sitzen, an euch Menschen, die ihr nicht an Tischen sitzt, stört:

plauder

Z.B. DASS IHR EURE ZIGARETTEN IM VORBEIGEHEN IN UNSEREN ASCHENBECHERN AUSDRÜCKT, ABER SO NACHLÄSSIG, DASS WIR DEN GERUCH VERGLIMMENDER FILTER EINATMEN MÜSSEN.

Ich darf doch mal.

MEISTENS ABER GAR NICHTS SAG

Pekinger Dosenrührei

SERVUS, HI! SIE MÜSSEN AN DER KASSE Z.B. DM 41,73 ZAHLEN, HABEN ABER NICHT DEN NERV NACH 1,73 IM PORTEMONNAIE ZU WÜHLEN, WEIL DANN DIE VERKÄUFERIN GENERVT GUCKT UND SIE DANN GANZ NERVÖS WERDEN WÄHREND DES WÜHLENS. IHR PORTEMONNAIE WIRD DAHER IMMER VOLLER MIT KLEINGELD UND WÄCHST ZU EINER ECHTEN NERVLICHEN BELASTUNG HERAN.

JETZT 2000% MEHR INHALT.

BESSER WÄRS, MAN WÜSSTE DEN ENDBETRAG VORHER, DANN KÖNNTE MAN KLAMMHEIMLICH "VORWÜHLEN".

APPLAUDIER!

ABER WIE DENN? TASCHENRECHNER GEHN NICHT BEIM EINKAUFEN. MAN HAT JA BEIDE HÄNDE VOLL.

VERZERR! *DRÖHN!*

SCHAUEN SIE MAL, WAS MAN MIR UM DIE BRUST MONTIERT HAT: EINE POCKET CALCULATOR HALTERUNG. SO KANN ICH, OBWOHL ICH IN DER EINEN HAND DIESES LAUT DRÖHNENDE MIKROPHON UND UNTER DER ANDEREN ACHSEL EINE SALATGURKE HABE, DEN PREIS DER GURKE IN DEN TASCHENRECHNER EINTIPPEN.

SIE MÜSSEN NUR EINEN FAMILIENANGEHÖRIGEN, IHREN PACHTNER Z.B. BITTEN, IHNEN VOR DEM GANG ZU UNS DAS SCHARNIER ANZUSCHRAUBEN UND SCHON KÖNNEN SIE ALL UNSERE DAUER-NIEDRIG-PREISE EINTIPPEN.
DRÖHN!
10 FISCH
SPINAT
SPINAT
MIT BLUB
MIT BLUB
Weil ihr Propagandist so laut dröhnt, ist diese Packung Rahmwirsing-Patties an mein Ohr drangefroren.
INFO
RAHM WIRSING PATTIES
NEU!
WÄHRENDDESSEN VOR DER SB-MARKT-TÜR
SB
10 KILO original PEKING DOSEN-RÜHREI
Bei aller Liebe zu Pekinger Dosenrührei. 10 kg sind einfach zu viel für mich.
FÜR MICH ABER AUCH!

KATZ + GOLDT

Agathe: "Das war halt die Zeit damals. Die ganze Zeit war so."

"DAS IST TOLL, DASS DU UNS HEUTE DIE DIAS AUS DEINER ZEIT ALS MANNEQUIN IM SCHIRMSALON SUSI ZEIGST."

"HABEN SIE KEINE AUGEN IM KOPF, SIE GOTTVERLORENES TRAMPEL?"

"WIR HATTEN JA DAMALS BEWIRTUNG. DIE FRAU, DIE HIER GERADE ZU SCHADEN KOMMT, IST WILHELMINE LÜBKE, DIE FRAU DES DAMALIGEN BUNDESPRÄSIDENTEN."

"DAS WAR EIN KNILCH."

"SEHR GEEHRTE DAMEN UND HERREN, LIEBE NEGER!"

"KNILCH IST EINE MILDE BEWERTUNG. GUCKT MAL, WAS DER AUF STAATSBESUCH IN AFRIKA FÜR FASCHO-KLOPPER VON SICH GEGEBEN HAT."

"WAS HEISST HIER DAS WAR EBEN DIE ZEIT? ICH LATSCH MIR AUF DEN OSTERMÄRSCHEN DIE FÜSSE BLUTIG AUF DEN VERDAMMTEN PFENNIGABSÄTZEN, UND DER KOMMT MIT SO EINER SÜLZE."

"ACH, DAS WAR EINFACH DIE ZEIT DAMALS. DIE GANZE ZEIT WAR SO."

"HA HA. 'OSTERMÄRSCHE AUF PFENNIGABSÄTZEN' SO KANNST DU MAL DEINE MEMOIREN NENNEN, LIEBE AGATHE."

Panel 1:
"HALT DOCH DEN SABBEL! WENN WIR DAMALS NICHT DIESE FÜNKCHEN ENGAGEMENT GEHABT HÄTTEN, DANN WÄRT IHR JETZT NICHTS ALS VAPORISIERTE MADEN IN DIESEM PILZ. IN DIESEM PILZ! DA-DRIN!"

Panel 2:
"DAS WAR DIE SOMMERKOLLEKTION '66. DA SCHRIEB DIE SCHIRMMODE KAROS VOR."

"GAB ES DAMALS ETWA KEINE GEPUNKTETEN SCHIRME?"

Panel 3:
"DOCH, ES GAB DEN FLIEGENPILZ-LOOK. PRIVAT HATTE ICH AUCH SO EINEN SCHIRM. MIT DEM HAB ICH MANCHEM MANN DIE AUGEN VERDREHT."

"'DIE AUGEN AUSGESTOCHEN' MEINT SIE WOHL EHER."

"DER SCHLENKER VOM ATOMPILZ ZUM FLIEGENPILZ WAR AUCH NICHT VON SCHLECHTEN ELTERN."

KATZ + GOLDT

Eiszeit. Wie der Scheiterhaufen erfunden wurde.

"WO SOLL ICH BITTESCHÖN DEN RAHMSPINAT HINTUN? UNSERE TIEFKÜHLTRUHE IST VOLLER HEXEN."

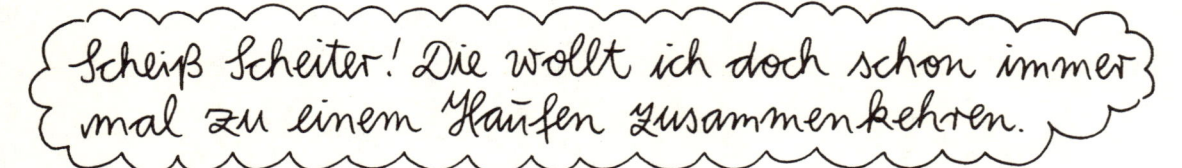

"Hm."

"Scheiß Scheiter! Die wollt ich doch schon immer mal zu einem Haufen zusammenkehren."

KATZ + GOLDT

HINWEIS

BEI REGEN RUTSCHT MAN, WENN MAN LEDERSCHUHE MIT LEDERSOHLE TRÄGT, AN DER GEDÄCHTNISKIRCHE AUF SICH AUFLÖSENDEN JUNKIE-ROTZE-KRUSTEN AUS.

VOR DER DIÄT

Noch liegt meine Schlankheit in einem Dornröschenschlaf aus Fett.

Das durstige Kind

Panel 1:
— ICH HAB DURST.
— DURST? ICH HÖR IMMER DURST.

Panel 2:
— ICH HAB DURST.
— TROCKENE KEHLE, FEUCHTER SCHRITT.

Panel 3:
— ICH HAB DURST.
— ES HAT SICH SCHON MAL EINER ZU TODE "ICH HAB DURST" GESAGT.

Panel 4:
— ICH HAB DURST.
— WENN DAS WÖRTCHEN DURST NICHT WÄR, WÄR MEIN VATER MILLIONÄR.

Panel 5: (kein Text)

Panel 6:
— MUTTI, NEBEN MIR LÄUFT DIE GANZE ZEIT EINE FRAU HER, DIE AUF MEINE SCHLICHTE KLAGE, DASS ICH DURST HABE, PERMANENT ORIGINELLE ERWIDERUNGEN ABGIBT.

Panel 7:
— SO LERNE ICH SIE ENDLICH MAL KENNEN. WISSEN SIE EIGENTLICH, DASS IN DEN LOKALEN MEDIEN SCHON SEIT WOCHEN VOR IHNEN GEWARNT WIRD? MAN SOLLTE SIE BESTRAFEN.

Panel 8:
— WILL DICH DER LIEBE GOTT BESTRAFEN, SCHICKT ER DICH NACH LUDWIGSHAFEN. BESTRAFT ER DICH EIN ZWEITES MAL, SCHICKT ER DICH NACH FRANKENTHAL. BESTRAFT ER DICH IN PERMANENZ, SCHICKT ER DICH NACH PIRMASENS.

Panel 9:
— ACH SO, NACH DEN ORIGINELLEN KINDSDURST-IGNORIERUNGEN NUN AUCH NOCH LOKALMASOCHISTISCHE SPRÜCHE AUS DER PFALZ! VERSCHWINDEN SIE, BEVOR MIR DIE HAND AUSRUTSCHT.

Panel 10:
— HI HI HI

WIESO HATTEST DU DENN DURST?
KINDER HABEN NUN MAL SCHNELL DURST. DAS IST DOCH DIE NATÜRLICHSTE SACHE DER WELT.
ACH WAS, DIE NATÜRLICHSTE SACHE DER WELT IST SEX IN ALLEN SPIELARTEN, ALSO AUCH ORALVERKEHR. MAN DARF DIE CHOSE BLOSS NICHT SCHLUCKEN, WIE MAN ES Z.B. MIT WALDMEISTERLIMONADE, BLUNA, APFELSCHORLE MACHEN WÜRDE...
JA JA, APFELSCHORLE, BLUNA, GIB ES MIR!
... ODER MIT MALZBIER, FASSBRAUSE ...
ALMDUDLER, ALT-BERLINER ...
ALT-BERLINER FASSBRAUSE, ALMDUDLER, GIB ES MIR!
PUNICA CUPUACU, LEMONSPRITZI, MEZZO MIX...
HA HA HA
OH GOTT! SIND DENN JETZT ALLE FRAUEN VON DEM VIRUS BEFALLEN, DER AUS SORGENDEN MÜTTERN ELOQUENTE PSYCHOPATHINNEN MACHT? UND WO BLEIBT MEIN GETRÄNK?
EIN DURSTLÖSCHER WIE AUS DEM RELIGIONSUNTERRICHT. !SUPER!
SO. JETZT GEHTS IN DIE BADEWANNE.
KATZ + GOLDT

Fatmes Irrtum

"MARKTPLATZ DER GENERATIONEN! TOLLE SACHE! MARKTPLATZ DER GENERATIONEN! TOLLE SACHE!"

DING! DING! DING!

"WIR ÄLTEREN DÜRFEN DEN JÜNGEREN IN IHREN SEIDIGEN HAAREN WUSCHELN UND ALS GEGENLEISTUNG DÜRFEN WIR IHNEN DIE ERFAHRUNGEN UNSERER GENERATION VERMITTELN."

"Eine wirklich tolle Sache."

"ERFAHRUNGS-BÖRSE! ORAL HISTORY! SEIDIGES HAAR DER JUGEND!"

DING! DING! DING! DING! DING! DING!

"DU MUSST ERST KIFFEN UND NACH ZWEI STUNDEN ODER SO KANNST DU ALKOHOL TRINKEN. WENN DU ERST TRINKST UND DANN KIFFST, KRIEGST DU VIELLEICHT EINEN SCHWINDELANFALL."

"ZUM DANK MÖCHTE ICH DIE ÄLTESTE DAME VOM MARKT-PLATZ NACH HAUSE FAHREN, SO WIE ES KANZLER SCHRÖDER IN "WETTEN DASS" GETAN HAT."

"UND?"

"MAN QUATSCHT SICH DEN MUND FUSSELIG UND WAS HAT EINEM DIE JUGEND ZU BIETEN? AUSSER'N BISSCHEN GLATTER HAUT UND SCHÖNEN HAAREN NICHT VIEL."

"MEIN MANN IST VERBITTERT. WIR SIND EXTRA AUS MORGENRÖTHE-RAUTENKRANZ GEKOMMEN UND JETZT IST MEIN MANN MÜDE. ICH FINDE, DAS IST EINE WUNDERBARE IDEE VON SPREE-TV "MELODIA" MIT DIESEM MARKTPLATZ HIER."

ERKLÄRENDES MÄNNCHEN: FÜR DIE LEUTE DES NEUEN JAHRTAUSENDS: BUNDESKANZLER GERHARD SCHRÖDER (SPD) HAT SICH AM 20.2.1999 IN EINER UNTERHALTUNGSSENDUNG NAMENS "WETTEN DASS" BEREITERKLÄRT, DIE ÄLTESTE DAME IM SAAL NACH HAUSE ZU FAHREN.

**WUNDERBARE IDEE JA.
ABER AN EINER ECKE GIBT'S ZOFF.**

Im Kopftuch will ich nicht wuscheln.

Du mußt dein Kopftuch abnehmen, Fatme. Der alte Mann hinter dir will wuscheln.

DER SOLL SICH INS KNIE WUSCHELN. ES IST MEINE FREIE ENTSCHEIDUNG, EIN KOPFTUCH ZU TRAGEN.

Wir gönnen dir ja, daß du selbst entscheiden darfst, ob du dein Kopftuch freiwillig oder unfreiwillig tragen mußt.

ICH HAB EINFACH KEINEN BOCK MEHR, MICH AUF SCHRITT UND TRITT RECHTFERTIGEN ZU MÜSSEN.

JA, DANN MUSST DU NICHT AUF DEN MARKTPLATZ DER GENERATIONEN GEHEN, SONDERN AUF DEN MARKTPLATZ DER KULTUREN.

ACH SO, HEUTE SIND ZWEI MARKTPLÄTZE. ICH DACHTE SCHON, MANN, WAS IS'N HIER LOS.

KATZ + GOLDT

DJ-COMPETITION

WITSCHI
WITSCHI
WITSCHI

WITSCHI

> ICH HAB GEFURZT. ABER LIEBER IN DER WOHNUNG ALS IM FREIEN, WO DIE GANZEN VÖGEL DAS EINATMEN MÜSSEN.

EIN KONZERT DER GRUPPE FÜR "NEUE MUSIK" DER HANNS-EISLER-HOCHSCHULE

Ein Zyklop, die "falsche Queen", eine Mumie und noch wer besuchen ein Konzert der Gruppe für "Neue Musik" der Hanns-Eisler-Hochschule.

Die Mumie hat ihre Handtasche flach auf ihren Schoß gelegt, um eine Art Tisch für ihre Kaffeetasse zu bekommen.

Plötzlich steigt der von der Gruppe für "Neue Musik" mit dem Oberkörper von der Bühne herab und nimmt einen Schluck aus der Tasse der Mumie. Mumie kreischt begeistert.

Der neidische Zyklop zischelt, daß der Oberkörper von dem mit dem Oberkörper sowieso nicht "echt" sei.

Die zischelempfindliche "falsche Queen" wacht auf und bittet um Ruhe, was die Gruppe für "Neue Musik" versteht, worauf sie das Konzert abbricht.

Nicht nur zum Mißvergnügen der Mumie.

KATZ + GOLDT

Erst: Schmier! Schmier!

Dann jedoch: Kreisch!

"WARUM SCHREIT MEINE ZUR SUMO-MEISTERSCHAFT WOLLENDE OLLE DENN?"

"ICH HAB MIR AUSVERSEHEN NACHT- STATT TAGESCREME IN MEIN SUMO-RINGER-GUCKEN WOLLENDES GESICHT GESCHMIERT."

"DAS HEISST ALSO, DASS DU JETZT NICHT ZUR WELTMEISTERSCHAFT DER SUMO-AMATEURE AM 4./5.12.99 IN RIESA GEHEN KANNST, SONDERN STERBEN MUSST?"

"DAS MUSS MAN WOHL LEIDER SO SEHEN."

"AN DIESEM STRAND IST'S ABER MOLLIG WARM."

"MOLLIG WARM SAGT MAN ABER NICHT AM STRAND, SONDERN ZUHAUS' IM WINTER, WENN MAN DIE BALKONTÜR MIT TESA MOLL ABGEDICHTET HAT."

"DAS WORT TESA MOLL MÖCHT' ICH IM URLAUB ABER BITTESCHÖN NICHT HÖREN."

ONANIERENDE DAME, DIE IN EINEM ANFALL VON VAN GOGHSCHEM WAHNSINN DURCHGESTRICHEN WURDE

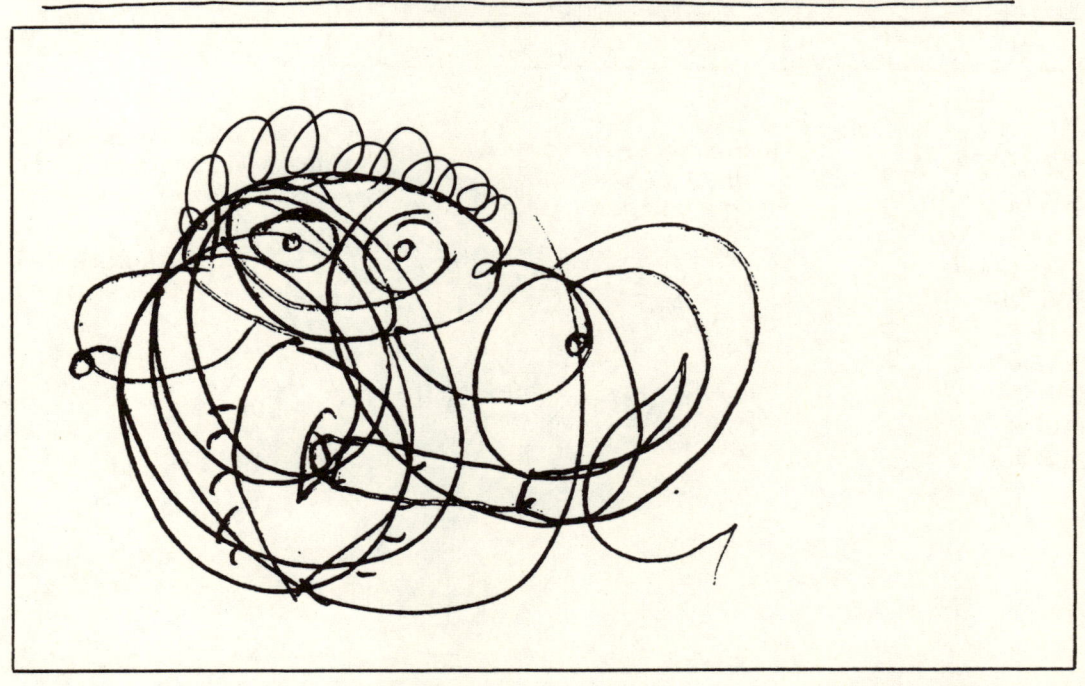

KATZ + GOLDT

Besuch bei Herrn Gentle

Die kleine Doreen ist stinksauer, weil der Akku ihres Mobiltelephons alle ist.

("Handy" zu sagen findet sie proll, "Akku" zu sagen findet sie in Ordnung)

Und ihr normales Telephon ist schon seit Wochen zerbrochen.

Sie würde aber wahnsinnig gerne Bastian davon in Kenntnis setzen, dass das ausgesprochen besch...eiden und insgesamt gesehen nicht so erbaulich war, wie er sich auf dem Schrebergarten-Rave aufgeführt hat.

Aber zwecks Schelte ins 65 km entfernte Bremerhaven fahren?

Ich bin doch nicht plemplem.

Sie geht runter auf die Strasse, um das Problem durch Spazieren zu ignorieren. Da sieht sie Rettung:

Den ganzen Inhalt ihres zufällig anwesenden Sparschweins torpediert die kleine Doreen in den nimmersatten Münzschlitz des öffentlichen Fernsprechers.

Doch, oh weh, die DVU hat die Zelle manipuliert. Aus der Muschel dröhnt Hitlergebrüll.

CHRRRK (-RRZZTRR)
BEURRKGLLGLLURKGL
PRRP
TRRRK, TRRRK
GLURRRKL
NGG
BRIMMZP
DRRZ
SDRGGK

DANN BEGEGNET DOREEN IHRER MÜTTERLICHEN FREUNDIN, DER KUNSTSCHRIFTSTELLERIN HERMENEGILDA KOCIUBINSKA.

DIESE RÄT IHR:

Trag doch dein seit Wochen zerbrochenes Telephon zu Herrn Gentle in der Cäcilie-Krone-Straße 3. Der macht es dir gratis heile.

Bei uns in der Siedlung nennt man ihn nur "den geilen Heilemacher!"

Tschaui Doreenchen!

DOREEN EILT NACH HAUSE

Ui, ui, wer zu einem Geilen geht, ist gut beraten, wenn er sich entsprechend kleidet.

SPÄTER:

Ui, ui, ihr Outfit! Ich glaube, Sie haben meinen Spitznamen missdeutet.

Die Kinder in der Siedlung nennen mich den "geilen Heilemacher", weil sie es toll, dufte, prima, oder wie man heute eben sagt geil finden, dass ich ihnen gratis ihre Spielsachen repariere.

DIE KLEINE DOREEN SCHÄMT SICH WIE AM SPIESS

Untenrum bin ich schon seit Jahren mausetot.

KATZ + GOLDT

Das attraktive Gesicht der Pressevielfalt

Agathe und die Erkennungsmelodie von Boulevard Bio

DIES SIND DIE NEFFEN VON AGATHE: ASAM, ALBERTO UND ABEL.

Julian, bring bitte die Jungen ins Bett.

WIE IN ENTENHAUSEN. OBWOHL: IN ENTENHAUSEN HABEN MÄNNER NEFFEN UND FRAUEN NICHTEN. DAISY HAT DICKY, DACKY UND DUCKY. DIE TAUCHEN ALLERDINGS HÖCHST SELTEN AUF. ICH NEHME ABER AN, DASS ASAM, ALBERTO UND ABEL AUCH NICHT SEHR HÄUFIG AUFTAUCHEN WERDEN.

JETZT WO DIE KINDER IM BETT SIND, KÖNNEN WIR DOCH EINE TÜTE CRACK RAUCHEN.

FÜR MICH NICHT.

JA, WARUM DENN NICHT?

ICH LEG MORGEN IN KIEW AUF, UND DER FLIEGER GEHT MORGENS UM ACHT.

UND ICH MUSS MORGEN UM NEUN ZUM HALS-NASEN-OHREN ARZT. BEI CRACK HÖRE ICH IMMER DEN WECKER NICHT.

Panel 1: AUFGRUND DER GEÖFFNETEN BALKONTÜR IST ES MIR MÖGLICH, AUS EINER ANDEREN WOHNUNG DIE TITELMELODIE VON "BOULEVARD BIO" ZU HÖREN. ES IST ALSO BEREITS ELF UHR ABENDS. INSOFERN IST ES A) GUT, DASS JULIAN DIE KINDER INS BETT BRINGT UND B) GUT, DASS BELLA DAS CRACK VERSCHMÄHT. WER UM NEUN BEIM HALS-NASEN-OHREN-ARZT SEIN MUSS, DARF UM ELF KEIN CRACK RAUCHEN.

Panel 2: TITELMELODIE VON "BOULEVARD BIO"? ERZÄHL DOCH MAL WIE ES IN KÖLN WAR. OTTMAR KENNT DIE STORY NOCH NICHT.

ERZÄHL ICH GERN.

Panel 3: Neulich durchkämmte ich die Straßen von Köln auf der Suche nach einem gemütlichen Café für spezielle kleine Damen wie mich.

EHRENSTRASSE

Panel 4: Da stand ich plötzlich vorm WDR, und mir fiel ein, daß ich da mal was fragen könnte.

HÖRN SIE MAL, ICH TANZE SO GERN ZUR TITELMELODIE VON "BOULEVARD BIO", ABER DAS KOMMT JA NUR DIENSTAGS UM ELF UND ICH MÖCHTE ÖFTER DAZU TANZEN.

WDR
PFÖRTNER

Panel 5: OFFIZIELL DARF ICH DAS NICHT, ABER ICH HABE FÜR DIESEN ZWECK UNTERM LADENTISCH EINEN CD-BRENNER. ES KOMMT JA ÖFTER MAL EINE ÄLTERE DAME UND FRAGT. ICH BRENNE IHNEN DIE MELODIE MAL SCHNELL AUF EINEN CD-ROHLING.

PFÖRTNER

Panel 6: DAFÜR BEKOMMEN SIE VON MIR EINE FLASCHE SELBSTGEBRANNTEN SCHNAPS.

BRENN BRENN

DAS IST EINE UNHEIMLICH SCHÖNE GESCHICHTE. DIESER PFÖRTNER. PFÖRTNER MIT CD-BRENNER: WAHNSINN.
SCHÖN, DASS DIE GESCHICHTE DIR GEFÄLLT. NUN HABE ICH ABER EINEN KLEINEN ANSCHLAG AUF DICH VOR.
DIESE BOULEVARD-BIO-MELODIE-CD IST ZWAR MIT NUR 35 SEKUNDEN LÄNGE DIE IDEALE CD FÜR EINE SPEZIELLE ÄLTERE DAME, DIE GERN TANZT, JEDOCH NICHT MEHR SO LANGE TANZEN KANN, ABER: DER SOUND IST DOCH EIN WENIG ALTMODISCH, SPÄT-ACHTZIGER-TV-MELODIEN-MÄSSIG. KÖNNTEST DU MIR DIE ALS DJ NICHT MAL EIN BISSCHEN RE-MIXEN? SO IM SINNE VON DAFT PUNK, SO MIT FILTERN, WO ZUERST ALLES DUMPF UND MURMELIG KLINGT UND DANN KOMMT PLÖTZLICH DIE VOLLE FREQUENZ-BREITSEITE.
AGATHE IST EINE TOLLE FRAU.
DAFT PUNK! DAS WAR DOCH VOR ZWEI JAHREN MAL AKTUELL!
DAFT PUNK SIND NOCH IMMER SEHR AKTUELL UND EINFLUSS-REICH.
ICH HAB DOCH GAR NICHTS GESAGT.
ABER GEDACHT. ICH WEISS, WIE DU GUCKST, WENN DU SCHEISSE DENKST.
OKAY, ICH REMIXE SE DIR. TSCHÜSS IHR BEIDEN.
ZWEI WOCHEN SPÄTER
OH, EINE PRIVATBRENNUNG DES DJ-OTTMAR-REMIXES IM DAFT-PUNK-STIL DER ER-KENNUNGSMELODIE VON BOULEVARD BIO! WOLLEN WIR DAZU TANZEN, HERR BRIEFTRÄGER?
OTTMAR
LEIDER NEIN. MEIN GELBES SCHIEBEWÄGELCHEN MIT DER POST FÜR DAS GANZE VIERTEL STEHT VÖLLIG UNBEAUFSICHTIGT AUF DER STRASSE.
DAS IST SOWIESO EIN ZIEMLICHER SCHWACH-PUNKT BEI DER POSTVERTEILUNG, NICHT WAHR? DASS DAS WÄGELCHEN MINUTENLANG UNBE-AUFSICHTIGT IST, WÄHREND DER POSTBOTE IM HAUSE IST? WÜRDEN SIE MIT MIR DARIN ÜBER-EINSTIMMEN, DASS DAS EIN AUSGESPROCHEN DELIKATER SCHWACHPUNKT IST?
SCHWACHPUNKT IST FREUNDLICH GESAGT. ES IST EHER EINE LOGISTISCHE KATASTROPHE. ABER DAMALS SAGTE MAN NOCH NICHT LOGISTISCHE KATASTROPHE.
KATZ + GOLDT

"JA, MÖCHTEST DU DENN, DASS ICH IM HÖSCHEN FRÜHSTÜCKE? IST ES DAS, WAS DU MÖCHTEST? ACH, IHR MÄNNER SEID DOCH ALLE GLEICH."

SCHÜLER IM GESPRÄCH MIT DEM BUPRÄ

"Dürfen wir ihnen mit Kugelschreiber ein KISS-Make Up ins Gesicht malen oder so'ne tätowierte Träne unter's Auge wie bei so Stinke-Junkies?"

"NEIN."

Nach dem Konzert

"Bin ich eigentlich zu alt oder zu dick für ihren Flyer?"

KATZ + GOLDT

ihr öffentlicher Nahverkehr informiert:

FALSCH!

RICHTIG!

Die berühmte Skyline von New York

Dramatis Personae (hinten)

Keulen-Ede

Fabian, Julian & DJ Ottmar

Die kleine Doreen

Herr Dr. Keullenbrinck

Limahl 2010

Agathe & die beiden netten Homos

Gustl